フランス生まれの超短編詩集

おわん太郎
OWAN Taro

文芸社

はじめに

この詩集は、私がフランス留学中、フランス語で書いた超短編詩集を、日本語に訳したものです。

日本を離れ、フランスでの生活……、
毎日、解からないことが、いっぱい！
そして、解からないことばかり……。

難しい講義、
毎回、これでもかと思うほどの宿題、
そして、試験！

クラスメートとの語らい……、
買い物……、
町の散策……、

楽しい時間も、いっぱい！

フランスでの新鮮な時間、
新鮮な日々、
そして、恋の芽生え……。

さあ、これから『愛と情熱』の幕が上がります。

是非一緒に、この瞬間を、体験しませんか？

郵 便 は が き

料金受取人払郵便

新宿局承認

7553

差出有効期間
2024年1月
31日まで
(切手不要)

160-8791

141

東京都新宿区新宿1－10－1
(株)文芸社
愛読者カード係 行

ふりがな お名前		明治 大正 昭和 平成 年生
ふりがな ご住所	□□□-□□□□	性別 男・
お電話 番 号	(書籍ご注文の際に必要です)	ご職業
E-mail		
ご購読雑誌(複数可)		ご購読新聞

最近読んでおもしろかった本や今後、とりあげてほしいテーマをお教えください。

ご自分の研究成果や経験、お考え等を出版してみたいというお気持ちはありますか。

ある　　ない　　内容・テーマ(

現在完成した作品をお持ちですか。

ある　　ない　　ジャンル・原稿量(

名				
上 店	都道 府県	市区 郡	書店名	書店
			ご購入日	年　月　日

をどこでお知りになりましたか?

書店店頭　2.知人にすすめられて　3.インターネット(サイト名　　)

DMハガキ　5.広告、記事を見て(新聞、雑誌名　　)

質問に関連して、ご購入の決め手となったのは?

タイトル　2.著者　3.内容　4.カバーデザイン　5.帯

の他ご自由にお書きください。

(　　)

についてのご意見、ご感想をお聞かせください。

容について

バー、タイトル、帯について

弊社Webサイトからもご意見、ご感想をお寄せいただけます。

力ありがとうございました。

寄せいただいたご意見、ご感想は新聞広告等で匿名にて使わせていただくことがあります。

客様の個人情報は、小社からの連絡のみに使用します。社外に提供することは一切ありません。

籍のご注文は、お近くの書店または、ブックサービス(0120-29-9625)、

ブンネットショッピング(http://7net.omni7.jp/)にお申し込み下さい。

愛と情熱のファンタジア　目次

ヘジテイション

これは、なんですか？
この中には、何が入っているのですか？
どこに、真実があるのですか？
ひとは、どこに、愛を見つけるのですか？

愛は、心の中で、一つの大きな力、となるでしょう。
一つの大きな力、それは最高の情熱……。
ひとは、とても大切なことを語り合います。
それは、愛について……。
それは、人生について……。

もし、愛する人と結婚できれば、良いのですが……。
時に複雑で、

時に難問が、
生じるかもしれません。
ひとは、
いつもパスカルのように、〝考える葦〟に、なってしまうのかもしれません。
そして、
重大なことを、より難しく、考えるのかもしれません。

どこに、答えがあるのでしょうか？
どこに、解決策があるのでしょうか？

ひとつの決断が、
愛する二人にとって、幸福へとつながるのでしょうか？
それが、問題なのです。

神様へ

私達は、素晴らしい時間を、ともに、過ごしました。
それは、神様がくださった、最高のプレゼント……。
ピクニックに行ったり、
湖水浴に行ったり、
見つめ合ったり、
まるで子供になったように、
すべてが輝いていました。
そして、
この清らかな時間と空間が、
永遠に、続くものと信じていました。
ところが現実は、さても、冷酷なり……。
神様、
私達は、重大な間違い、過(あやま)ちを犯(おか)しましたか？

私達の、どこがいけないのですか？
お教えください。
私達には、もう、夢のような楽しい時間（ファンタジア）は、ないのですか？
そして、
メランコリアを、プレゼントしてくださったのですか？

愛の鼓動（こどう）

ひとは、おとぎの国を旅するような、
そんな素晴らしい夢を見ることでしょう……。
夢の中では、不思議なことがいっぱい起こります。
ワクワクしたり……、
ハラハラしたり……、
ドキドキしたり……、
そして、
素敵な女性と出会うのかもしれません。

二人は、お互いを見つめる前に、
もう、恋に落ちているのかもしれません。
されば、結婚を望むのも、当然かもしれません。
しかし、二人が愛を強く感じるほどに、

大きな問題、大きな障害が、立ちはだかるのかもしれません。
このとき、
〝希望〟という名の、心の支えが必要になります。
そして、
あこがれていた夢が、現実になることは、
すべての人にとって、深い感動です。
それは、可能です。
でも、いつ？

生命（いのち）

ひとは、この世に、生まれてくる。
喜びと、情熱と、希望を抱いて……、
そして、生きている。
なんのために？
いち日（にち）は、何のために存在するのであろうか。
それは、あたたかい、夕食を味わうために……。
一週間は、何のために存在するのであろうか。
それは、楽しい週末を過ごすために……。
一年は、何のために存在するのであろうか。
それは、生きる喜びを感じるために……。
ならば、
一生は、何のために存在するのであろうか。
それは、愛する人を見つけるために……。

そして、
愛し合う二人は、
すべての困難を乗り越え、真に、幸福になってゆく……。
生命(いのち)、
それは、勇気をもって、生きていくこと。

未来の未来

ひとは、未来において、迷いや不安を抱くかもしれない。
未来の幸福……
未来の愛……
その未来の先は？
この世には、いっぱいの人間が存在する。
その中で、愛する人を見つけ、
勇気をもって、
共に未来へと向かって歩いてゆく……。
楽しい時も
苦しい時も、
手と手をつなぎ、
未来へ向かって、歩んでゆく……。
一生に一回、

ひとは、未来に向かって、
夢に向かって、邁進する。

こんなにも大きな愛

机の上に、美しい花が咲いている……
その横に、あなたの写真が微笑んでいる。
壁には、かわいい動物の絵ハガキが貼ってある……
その横に、あなたが描いてくれたデッサンが
生き生きとしている。

今日、かわいい動物の絵ハガキが入った手紙、
受け取りました。
そして明日も、あさっても、
受けとることでしょう。

二人にとって、
〝ジュテーム（あなたのことを愛しています）〟という言葉なしに、手紙を書くことはで

きません。

私が愛するあなたを想うとき、
時間は、とても、ゆっくり、流れます。
しかし、
私があなたと一緒にいるとき、
時間は、とても早く、過ぎてしまいます。

あ〜っ、またあなたと一緒に、
ロマンチックなフランスの町を、散歩したい……。
そして、
見つめ合って、微笑んで、
お互いの人生について、
二人の将来について、
語り合いたい……。

目を閉じると、

かつて二人が一緒に生活した、
あの素晴らしい時間が、
一瞬にして、蘇(よみがえ)ってくる……。

時間は流れ、
そして次の瞬間、
永遠に止まる。

その止まった時間の中で、
私とあなたは、
永遠に一緒になることができるのです。

希望の光

私は今、旅をしている。
素晴らしい景色が、
私の記憶を、
ひとつひとつ、
消してゆく。
まるで、寒い冬、私の心に雪が降るかのように……。
私はいつも、あなたとの未来を、夢見ていた。
しかし、
すべては過ぎ去ってしまった、
まるで水の流れのように……、
あたかも神様が見放したかのように……。
二人の、あの熱い感情は、
もう、終わりなのでしょうか？

……？

生きることを諦(あきら)めてはいけない。
明日という日は、必ずやって来る。
時間も永遠に流れる。
そしてその時間が、
新たなる情熱と勇気を与えてくれる。

私の天使

天使のように愛らしい笑顔、
そして、私を見つめる清らかな目。
私はいつも、あなたを、想っています。

このような愛を感じながら、私に何が出来るのでしょうか？
時間は、私とあなたを包み込み、止まってしまいます。
そして、結婚を夢見るのです。
あなたの優しい瞳は、
いつも、
花のように、
私に、語り掛けます。

愛するあなたと一緒の時、私に何が出来るのでしょうか？

あなたのそばにいるだけで、
私は幸せなのです。
そして、
あなたに触れるだけで、
神秘的な世界へと、さ迷ってしまいます。
もう、どのように表現してよいのか、わかりません……。
私の心の中には、ひとつの言葉しか存在しないのです。
ひとつの言葉、
それは、
〝ジュテーム！（あなたのことを愛しています！）〟
この言葉しか、存在しません。

微睡（まどろみ）

夢は、夢ですか？
夢、それは楽しいもの。
夢、それは欲望。
夢、それは憧（あこが）れの世界。
夢、それは現実になりえない世界。
ひとには、時間も可能性もある。
しかし夢の世界では、
なにが起こるのか、
まったく、わからない。

ひとはいつも、幸せになりたいと思っている。
そして、
ひとはいつも、情熱的でありたいとも思っている。

しかし、人生において、
ひとは、見失っているもの、見えないものが、
多くあるのかもしれない。

人生とは、いったい、なんであろう？

喜び？

楽しみ？

幸福になること？

それは、本人にも、わからない……。

しかしながら、毎日切磋琢磨（せっさたくま）、夢を追い続けている、ひとりの若者がいる。

分かち合えない愛

大好きなあなたの写真を、毎日、見ている。
そのとき、
心の中で、最高の思い出が、ぐるぐると、まわっている。

あなたと過ごした楽しい日々。
あなたと語り合った二人の未来。
そして二人の
未来の子供達についても……。

目を閉じると、
すべての思い出が、
一瞬にして、
蘇(よみがえ)ってくる。

あなたの無邪気で可愛い笑顔、
清らかな眼差し、
すべてが私を包み込み、
幸せにしてくれる。
しかし、目を開けると、
寂しさだけが、
私を覆(おお)いつくす。
えっ、寂しさ？
それとも？

解決策は何もない。
しかし、あなたのことを想うことしかできない。
愛している……。
愛している……。
愛している……。
でも！

流れ星

夜はとても神秘的……。
キラキラ輝くお星様は、なんとも、ロマンチック……。

ひとは、星を見ながら、
己の愛を考察し、想いをめぐらす。
優しい光、
明るい光、
情熱の光……。
そう、
ひとは、愛の光を探し求めている。
愛の光……、
それは、太陽よりも眩(まぶ)しく、
心を温かく包んでくれるもの。

愛に満ち溢れた瞳は、
決して、愛の終わりを見ることはできない……。
愛、それは夜空の美しい星。
愛、それはキラキラと輝く星。
愛、それは燃えさかる炎。

時間(とき)は永遠に流れ、
星は自然と流れる。
希望のない愛……
それは、
ひとつの流れ星なのかもしれない。

輝く星

それは、君と僕の情熱の光。
愛と夢に満ち溢れ、
明るくキラキラと、
輝いている。

あっ！
星が流れていった……。
そして、
もう、見えなくなってしまった。

それは、二人の愛が、
終わってしまったのではなく、
また、

消えてしまったのでもない。
それは、
二人にとって新たなる旅の始まり！

この大きな空のどこかで、
きっと、
キラキラと輝いているに違いない。

人間

ひとは、この世で生きていくために、何が必要なのであろうか。
仕事？
友情？
愛？

ひとは、この世に、一度しか生まれてこない。
そして、
幸せになりたいと、願っている。

生きていく中で、ひとは何を見出すのであろうか。
喜び？
苦痛？
それとも、情熱？

ひとの一生、
それは運命なのかもしれない……。
それとも、
時間の経過と共に忍び寄る、宿命なのかもしれない。

生きていくことに、決まりきった方程式はない。
ひとは、人として生まれ、センチメンタルである。
恋をし、愛が芽生え……。
そして、
その大きな愛の結末を知る者はだれもいない。
しかしながら、ひとは恋をし、愛をふくらませる。
それが、人間なのである。

はかない幸福

私の心に存在するのは、あなたです。
初めてあなたを見た時、
清らかさを、感じました。
次にあなたを見た時、
私の心は熱く鼓動しました。
その次にあなたを見た時、
私の心は息苦しさを感じました。

互いに見つめ合い、そして語り合う……。
この時、私の心は、あなたの優しさに、包まれています。
私があなたを見つめると、
あなたは私に、花のような微笑みをくださいます。

あなたの面影（おもかげ）は、私の心の中に生きています。
毎日あなたと、語り合ったすべてが……。
お互いのこと、
そして二人の未来について、
夢を見ながら、
楽しく語り合ったことが……。

これからも、
二人のこと、
二人の未来について、
希望をもって、
もっともっと、いっぱい、
語り合いたい……。

私は毎日、幸せです。
なぜなら、
あなたが、愛情いっぱいに、私を抱きしめてくれたから……。

私はこれからも、ずっと、幸せです。
明日もきっと逢えますよね。
逢ったら、
最愛の気持ちで、
〝ボンジュール（こんにちは）!〟
と、言うでしょう。

現実からの逃避

私は、もう、この先のことは何も知りたくない……。
時間(とき)の流れは、
私とあなたの語らいを、
ことごとく、消し去ってしまったから……。
私はその中で、〝悲しみ〟しか、感じえない……。

世の中、
楽しいことも、素晴らしいことも、いっぱい存在する。
しかし
私の心は、すべてを、拒絶している。

もう、地の果てへと、行ってみたい！
何もない、何も知らない世界へと！

そして、
そこで、生きていきたい！
もし本当に、そのような世界があるのなら、
私は喜んで、行ってみたい！
笑顔になるために……。

私は無気力なのかもしれない。
でも、
負けてたまるか！
ゆっくりと、生命の息吹を快復させたい。

あなたの名前は

愛とは、いったい、なんであろうか……。
熱い情熱？
楽しい夢？
それとも
花のように優美なもの？

ひとは恋をし、心をときめかす。
その心はどんどん熱くなり、
いろいろなカタチへと、
変化していく。
純粋な愛、
ほっこりするような愛、
そして

悲しい愛へと。

エーデルワイス……高貴な記憶
アネモネ……薄れゆく希望
キンセンカ……別れの悲しみ

そして、その先に、
本当の喜び、本当の幸せが待っているのかもしれない……。
そう、あなたの名前は、
〝フローラ〟
春に植物を開花させるという、花の女神。

愛の蜃気楼（しんきろう）

あー私の最愛なる人よ、
あなたとの素晴らしい日々を、私は忘れることができない。
それは、おとぎの国にいるかのように楽しかった。
しかし、
あなたは熱い涙を浮かべながら、私の元を去っていった。
その日以来、
私は、暗く、冷たい世界に、迷い込んでしまった。

あー私の最愛なる人よ、
いま、どこに居るのですか？
元気にしていますか？
私は今なお、あなたのことを愛しています。

あなたは、いつも、最高の笑みを輝かせ、
語り掛けました。
〝大好きよ！〟
〝私にはあなたが必要よ！〟
〝永遠に一緒よ！〟
〝あなたなしに、もう、決して生きていけないわ！〟と。
そして、
少し恥ずかしそうに、
〝早く子供が欲しいわ〟と。

あなたが私の元を去り、私に残っているものは……？
私は言葉を失い……
歩むべき道を失い……
生きるべき希望をも失ってしまった。
私はいったい誰？
……ファン……トム……。

そう、
私は〝ファントム・ダァムール〟《愛の亡霊》。

愛のささやき

夜の、
暗く冷たい静けさが、
私の心に忍び込む……。
あー、なんて、切ないことか！
夜空を見上げると、ミステリアスな星が、きらきらと輝いている。

あどけない、少女のような笑顔……
にっこりと、私を見つめる眼差し……
あなたの清らかな心が、私に魔法をかけている。

この三年、
私はいつもあなたのことを想っている。
結婚を夢見ながら、

熱い情熱と共に、
生きている。
たとえ、どのような困難があっても、
あなたの面影と共に、歯を食いしばって、耐えてきた……。
そして、これからも、耐えてゆく……。

この先、
二人は結婚できるのでしょうか？
二人一緒、
幸福に、なれるのでしょうか？
両親の反対する、
この難しい愛が、
私の心を、暗く、冷たく、追い詰めてゆく……。
そして
私の燃え上がる心とは反対に、
私の顔は凍り付いてゆく……。

二人の愛は真剣で、熱い情熱に満ち溢れている！
あなたのことを忘れることはできない。
でも、
毎日、少しずつ、希望の光が、消えていく……。
この素晴らしい夜空を見てください。
私は涙と共に、見ています。

愛の旋律

朝早く、目が覚めます。
朝食は、前日の夜に用意しました。
そして、なにも食べずに、家を出ます。

古風な町並みが、私を、散歩に誘います。
石畳の小径（こみち）、レンガ造りの家、煙突（えんとつ）のけむり……。
私は中世のたたずまいに、うっとりします。
町のあちこちにある噴水は、
過去の記憶と共に、
清らかに流れています。

私はいつも、
笑みを輝かせ、

映画館の前で、
足を止めます。
二人に感動を与えてくれた、あの素晴らしい映画〝メリーポピンズ〟は、
もう、上映されていません。
次に、
チーズ専門店で、足を止めます。
そしていつものカマンベールチーズを選びます。
惣菜(そうざい)店では、お店自慢の田舎風パテを買います。
宝石店では、素敵なネックレスを探します。
新聞・タバコ・おみやげ店では、可愛い動物の絵はがきを手に取ります。
そして、一枚買います。
洋品店では、白いブラウスと花柄のスカートに、想いを咲かせます。
おもちゃ屋さんでは、大きなクマのぬいぐるみに、〝ボンジュール（おはよう）!〟と、
挨拶(あいさつ)します。
そして最後に、駅へ向かいます、
待ち人はいませんが……。

毎日の決まりきった散歩を終え、家に帰ってきます。
そして、冷たくなったカフェオレと硬くなったパンを、
いただきます。

夜、イチゴジャムと、出来立てのパンを、トレーにのせます。
そして明日、
愛するあなたが、朝食を持ってきてくれることを夢見ながら……
私は寝ます。

あとがき

この詩集は、私がフランス留学中、エルフィーという女性のことを想い、フランス語で書いたものです。

『エルフィー、
世界で最も美しい花を、あなたにプレゼントします。

どうぞ、受け取ってください。

今まで本当にありがとう！

お幸せに！』


私は現在、日本に帰って来て、素敵な女性と出会い、結婚、そして毎日、幸せに暮らしています。

最後までご愛読くださり、本当にありがとうございました。

皆様が健康で、幸せに満ちた日々をお過ごしになられることを、心より、お祈りしております。

おわん太郎

著者プロフィール

おわん 太郎（おわん たろう）

東京都出身
ブルゴーニュ・ワイン知識向上実習 合格証書及び名誉証書取得
サン・テチエンヌ大学　フランス語フランス文明修了証書取得
ル・メーヌ大学　経済学修士号取得
著書
『カナダからやって来たお姫さま（上下巻）』（2019年　文芸社）
『愛のパラダイス（上下巻）』（2020年　文芸社）
『シャモニ、モンブラン、そして愛（上下巻）』（2020年　文芸社）
『神様からのプレゼントとぷいぷいぷい！（上下巻）』（2021年　文芸社）
『ある日、突然、認知症⁉』（2021年　文芸社）
『母への手紙（上下巻）』（2021年　文芸社）
『夢のパラダイス』（2022年　文芸社）
『夢のパラダイス　2』（2023年　文芸社）
『夢のパラダイス　3』（2023年　文芸社）

愛と情熱のファンタジア　フランス生まれの超短編詩集

2023年5月15日　初版第1刷発行

著　者　おわん 太郎
発行者　瓜谷 綱延
発行所　株式会社文芸社
〒160-0022　東京都新宿区新宿1－10－1
電話　03-5369-3060（代表）
03-5369-2299（販売）

印刷所　図書印刷株式会社

ISBN978-4-286-24125-8